Katja Reider

Geschichten
vom kleinen Eisbären

Illustrationen von Silke Voigt

Die Deutsche Bibliothek – CIP-Einheitsaufnahme

Bildermaus-Geschichten vom kleinen Eisbären / Katja Reider.
Ill.: Silke Voigt.
– Bindlach : Loewe, 2002
(Bildermaus)
ISBN 3-7855-4324-7

Ein besonderes Dankeschön
an meinen Berater, Prof. Dierk Franck,
Zoologisches Institut, Universität Hamburg

K.R.

*Der Umwelt zuliebe ist dieses Buch
auf chlorfrei gebleichtem Papier gedruckt.*

ISBN 3-7855-4324-7 – 1. Auflage 2002
© 2002 Loewe Verlag GmbH, Bindlach
Umschlagillustration: Silke Voigt
Reihengestaltung: Angelika Stubner

www.loewe-verlag.de

Inhalt

Ole in der Schneekugel

Ole, der kleine , blinzelt

in die . Seit er auf der

ist, lebt er mit Mama

in einer  aus  .

Ole buddelt viele

im und trinkt dann

die gute von Mama  .

Das ist gemütlich. Aber auch ein

bisschen langweilig. Denn jetzt

ist Ole kein  mehr.

Der kleine  hat einen

dicken , scharfe und

starke bekommen. Ole will

endlich was erleben! Neugierig

klettert er einen hinauf.

„Sei vorsichtig!", ruft Mama

hinter Ole her. „Der hier

draußen ist noch neu für dich!"

Aber der kleine  steht

schon oben auf dem  .

Er schaut sich staunend um.

Wie groß die ist! Dann

setzt sich der kleine auf

seinen . Hui – rutscht er

den  hinunter!

Der fliegt um seine  .

Aber oje, der kleine

kann nicht mehr anhalten! Ole

überschlägt sich. Immer wieder.

Wie ein riesiger  kugelt

der kleine  den

hinunter. Dann ist alles still.

Ole reißt die  auf.

Aber um ihn herum ist nur  !

„Mama!", wimmert Ole.

Da sieht er schon die

von Mama  . Vorsichtig

befreit sie den kleinen

aus dem  und trägt ihn

zurück in die  .

Ole drückt seine in den

warmen seiner Mutter.

Ob Mama  schimpfen wird?

Nein! Sie weiß, dass Ole

noch viel lernen muss ...

Ole irrt sich

Eifrig trabt der kleine hinter

Mama durch den .

Er freut sich wie ein .

Heute soll er das sehen!

„Schau mal, die vielen !",

ruft Mama . „Sie brüten in

den steilen am ."

Das 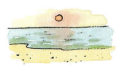 ist glatt wie ein

und wunderschön! Der kleine

möchte sofort hineinspringen. Aber

Mama schüttelt den  .

„Später, Ole! Erst wollen wir uns

ausruhen." Schon ist Mama

eingeschlafen. Aber der kleine

will jetzt nicht schlafen.

Ole schaut sich neugierig um.

Nanu! Was ist denn das für ein

komischer dort? So groß

und braun und rund! Ob da auch

ein  sein gebaut hat?

Vorsichtig schleicht Ole näher.

Oje – der bewegt sich!

Der hat ja lange  und

einen  ! Und wie laut er brüllt!

Schnell wie der  rennt der

kleine den

hinauf und flüchtet zu Mama .

Sie lächelt: „Aber Ole, kannst

du einen nicht von

einem  unterscheiden?"

Da kriegt der kleine

ganz rote  ...

Ole soll jagen lernen

Heute ist Ole mit dem großen,

starken  Sven unterwegs.

„Wollen wir zusammen eine

bauen?", fragt Ole eifrig.

„Nein", brummt Sven und schüttelt

den . Der kleine

überlegt.

„Wollen wir uns in den

verstecken?", fragt er dann.

Wieder schüttelt Sven den .

Er sagt: „Ich zeige dir heute,

wie man einen  jagt!"

„Ich b-bin aber g-gar nicht hungrig!",

stottert der kleine  .

„Pst!", macht Sven und hebt

warnend die . „Schau,

dort auf dem  !"

Oje, da liegt ein kleiner

in der 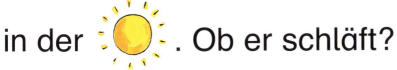. Ob er schläft?

„Mir nach!", zischt Sven und robbt

los. Der kleine  seufzt.

Der  sieht so niedlich aus!

Ole möchte ihn beschützen.

Oh nein! Gleich hat Sven

den  erreicht! Schon hebt

der große seine

mächtige ! Was tun?

„Hatschi!", niest der kleine

plötzlich. Der  reißt

erschrocken die auf

und springt schnell in ein

im  . Gerettet!

Im  ist ein

viel schneller als ein  !

Der kleine  kichert:

„Tut mir Leid, Sven! Ich suche uns

dafür ein paar , ja?"

Ole und das Rentier

„Schau, Ole!", sagt Mama  .

„Da kommt Rollo, das  !"

Der kleine  freut sich.

Dann reißt er verwundert die

auf und ruft: „Du hast ja einen

dicken  bekommen, Rollo!"

„Aber Ole!", sagt Mama  .

Doch das 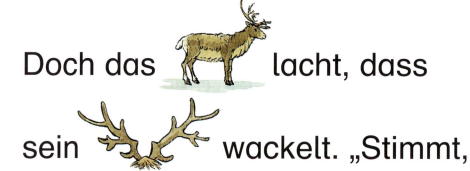 lacht, dass

sein wackelt. „Stimmt,

kleiner !", sagt es. „Ich

fresse jetzt, so viel ich kann.

Bald wird es noch kälter. Wenn

alle  mit und

bedeckt sind, finde ich kaum

noch . Dann lebe ich von

dem an meinem .

Genau wie du! Du bist auch dicker

geworden!", meint das  .

„Was?!", ruft Ole  ungläubig.

Schnell rennt er zum

und betrachtet sein

im  . Tatsächlich!

„Viele  verändern sich

jetzt", erklärt das . „Schau,

der  dort! Sein  ist

nicht mehr braun, sondern weiß!"

Der kleine  staunt:

„Und das  hat jetzt

weiße statt braune?"

„Genau", sagt Rollo. „Sieh nur, wie

das seine aufplustert!"

Der kleine  kichert:

„Tatsächlich! Das sieht

aus wie ein  mit  !"

Rollo 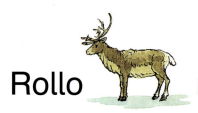 nickt. „So sind

der  und das  gut

getarnt. Niemand kann sie

im  entdecken.

Warte ab, kleiner  ,

wenn die  wieder wärmer

scheint, sehen alle

genauso aus wie vorher."

„Versprochen?", fragt Ole,

der kleine  , ängstlich.

„Versprochen!", antwortet Rollo,

das  , und lächelt Ole zu.

Die Wörter zu den Bildern:

Eisbär

Pelz

Sonne

Krallen

Welt

Zähne

Höhle

Hang

Schnee

Hügel

Gänge

Po

Milch

Nase

Baby

Schneeball

Augen

Stoßzähne

Tatzen

Schnauzbart

König

Blitz

Meer

Walross

Vögel

Ohren

Felsen

Seehund

Spiegel

Eis

Kopf

Loch

Nest

Wasser

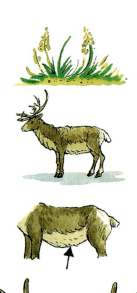 Gräser

 Spiegelbild

Rentier

 Tiere

Bauch

 Eisfuchs

Geweih

 Schneehuhn

Fett

 Federn

Katja Reider, geboren 1960 in Goslar, arbeitete nach dem Germanistik- und Publizistik-Studium als Pressesprecherin des Wettbewerbs *Jugend forscht* – bis sie 1994 kurz vor der Geburt ihres ersten Kindes zu schreiben begann. In rascher Folge entstanden zahlreiche Kinder- und Jugendbücher, die in viele Sprachen übersetzt wurden. Katja Reider lebt mit ihrem Mann und ihren beiden Kindern als freie Autorin in Hamburg.

Silke Voigt wurde 1971 in Halle/Saale geboren. Sie hat in Münster Grafik-Design und freie Kunst studiert und arbeitet seit 1995 als freiberufliche Grafikerin und Illustratorin. Mit viel Humor zeichnet sie besonders gern lustige und freche Bilder für Erstlesebücher. Kein Wunder, dass sie das so gut kann, denn schon mit vier Jahren hat sie alles, was sie sich gewünscht, aber nicht bekommen hat, einfach aufgemalt. Heute lebt Silke Voigt mit ihrem Mann und ihrer Tochter in der Nähe von Münster auf dem Land.

Geschichten von
der Dachboden-Bande

Hermien Stellmacher

Geschichten vom
kleinen Feuerwehrmann

Werner Färber
Jan Birck

Geschichten
vom Fußballplatz

Werner Färber
Rooobert Bayer

Geschichten
vom kleinen Indianer

Werner Färber
Gabi Selbach

Geschichten von der
netten Krankenschwester

Werner Färber
Pia Eisenbarth

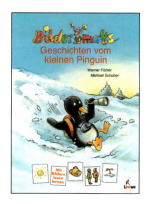

Geschichten vom
kleinen Pinguin

Werner Färber
Michael Schober

Geschichten
vom kleinen Pony

Werner Färber
Sabine Kraushaar

Geschichten
aus der Schule

Werner Färber
Klaus Puth

Geschichten vom
kleinen Weihnachtsmann

Werner Färber
Katharina Wieker

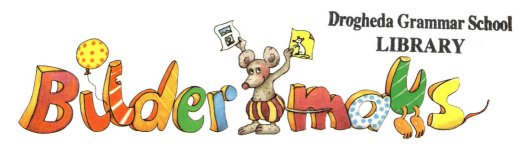

Drogheda Grammar School
LIBRARY

Bildermaus
Geschichten
von der Uhr

Werner Färber
Angela Weinhold

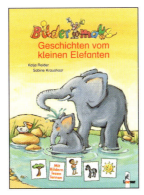

Bildermaus
Geschichten vom
kleinen Elefanten

Katja Reider
Sabine Kraushaar

Bildermaus
Geschichten von
der kleinen Hexe

Werner Färber
Maria Wissmann

Bildermaus
Geschichten vom
frechen Räubermädchen

Werner Färber
Julia Ginsbach

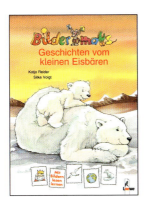

Bildermaus
Geschichten vom
kleinen Eisbären

Katja Reider
Silke Voigt

Das große
Bildermaus
Geschichtenbuch

Loewe